SV

Karl Krolow

Die zweite Zeit

Gedichte

Suhrkamp Verlag

Erste Auflage 1995

Satz, Druck: Wagner GmbH, Nördlingen
Printed in Germany

Die zweite Zeit

Die Worte

Die Worte werden beliebig,
wenn man sie oft genug spricht,
und einige erst ergiebig,
wenn man sie schließlich bricht,

wenn man genug geheuchelt,
sie seien das A und das O.
Hat man sie endlich gemeuchelt,
braucht man sie nirgendwo.

Glaubt man sie lange vergessen,
tauchen sie wieder auf,
wird man an ihnen gemessen
im sterblichen Lebenslauf.

Genug ist nie genug

Was man auf Händen trug:
eine Liebe. Was lebenslang
gelang oder mißlang –
genug ist nie genug,

sage ich und sag' es jetzt
noch einmal, alles vor Augen:
mag es taugen oder nicht taugen,
verletzt oder nicht verletzt.

Es ist dieser Lebensschimmer.
Sehe ich gern zurück? –
Manchmal hatte man Glück.
Und einiges gilt für immer.

Die anderen nennen es Glück

Wir sagen es unumwunden.
Wir sehen einander an.
Es bleiben die wenigen Stunden,
in denen man leben kann,

als könne nichts mehr geschehen,
als wäre schon alles getan.
Es gibt nichts mehr zu gestehen.
Wir sehen einander an.

Wir sind an kein Schweigen gebunden.
Wir denken nicht mehr zurück.
Es bleiben die wenigen Stunden.
Wir sagen es unumwunden:
die anderen nennen es Glück.

Wie im Volkslied

Ist mir mein Leben vergangen
oder red' ichs mir ein?
Wie hat es angefangen?
Was ging durch Mark und Bein?

Lebte es mit den Sätzen,
die zu zweifeln verstehn,
an ihren Anfang setzen
Vergehn und wieder Vergehn?

Vergeblich mit Fingern gefahren
über die andere Haut
und nach den dichtesten Haaren
vergeblich ausgeschaut

wie im Volkslied vom Leben und Sterben,
schön bitter und schön süß.
Es gibt nichts daran zu verderben,
was ich noch sterblich verbüß'.

Das tödliche Blau

Eisenhut, blaue Blume
des Spätjahrs, Sturmhaube,
die nicht vor November schützt,
tödliches Akonit, Pfeilgift –
es reicht eine kleine Menge.
Gift für das Nessushemd:
Herakles ging an ihm
elend zugrunde. Im Garten
das letzte romantische Verderben.
Leonotis und Dahlie
gingen voraus in den Gartentod,
wußten nichts vom Aconitin –
fünf Milligramm die tödliche Dosis.
November will nichts davon wissen,
bringt es um mit anderen Farben:
das strenge Blau, das der Nacht erliegt,
den unwiderruflichen Frösten.

An Stelle eines Porträts

Ich ergehe mich, ohne Bindung.
Ich lebe im Geisterhaus
als eigene Erfindung.
Da bin ich fein heraus.

Da kann ich tun und treiben
und auch lassen das ganze Hallo,
bei meiner Sache bleiben:
ich lebe einfach so.

Und ganz auf meine Kosten.
Ich lebe unverwandt
auf dem verlorenen Posten,
verliere allerhand,

von Tisch und Stuhl und Buch
vorm Sterbetag umgeben.
Das ist fürs Sterben genug.
Jetzt aber muß ich leben.

Es stehen die Türen offen

Es stehen die Türen offen.
Sie öffneten sich weit.
Zwischen Tür und Angel getroffen
hat die Zeit sich mit der Zeit,

der Augenblick mit dem andern,
wenn alles schon anders ist.
Das Licht fällt. Die Schatten wandern:
Ein jedes hat seine Frist.

Du zögerst nicht. Du gehst schneller.
Im Augenblick ist es so weit:
du spürst, es wird heller und heller –
eine Spur von Ewigkeit.

Ade

Ade und wie oft noch: Ade.
Ich merke, daß es stimmt,
wenn mit der Zeit ich vergeh'
und die Zeit kein Ende nimmt.

Man sagt es mir, und ich sage
es ruhig dem Anderen nach.
Ich seh' den vergehenden Tag.
Und an die kommenden wage

ich nicht zu denken. Ich seh'
den heutigen verschwinden.
Werd' ich mich morgen noch finden?
Wie klingt das letzte Ade?

Warten

Warten auf nichts mehr, auf gar nichts,
Vor-sich-Hinsehn oder wie
es kommt. Du lebst so. Es war nichts.
Und am Ende war es nie

anders. Oder doch? Was man »früher« nennt,
war schließlich auch deine Zeit,
mit Gespräch und Genuß, den man kennt,
und noch nicht mit dir entzweit:

diesem Anderen, Fremden, dem immer
du nichts als im Wege bist.
Du sprichst mit ihm manchmal im Zimmer,
wenn es nicht mehr erträglich ist.

Aber laß nichts aus

Aber laß nichts aus, was unwichtig ist
für manche, die laute Musik brauchen
und ein Liebesgeschäft ohne Umstände.
Alles macht Umstände, die
die meisten nicht merken.
Die Welt ist zu hastig im Abtun.
Langsam denk ich mir aus,
was es nicht gibt:
verständliche Worte, die sich
als Gedichte fortsetzen
oder was in sich selbst
seinen Lohn trägt, wie Fragen,
die sich so beantworten,
als wären sie nie gestellt.
Mach dir vor, daß es Gefühl gibt,
das stimmt: eine Quittung
ohne Unterschrift
und nicht zuletzt
einen Wink von oben
im rechten Augenblick
für Politik:
bleibe fassungslos.

Passive Natur

Einige nannten ihn
eine passive Natur.
War er untätig? Sah er zu?
Die Leidensform des Lebens demnach
oder eine vitale besondere Art?
Er ließ es bewenden,
verlor sein Herz, zum Beispiel,
widerstand, nahm hin,
um anzunehmen, daß es sich lohnt,
weiter zu leben, fand sich wieder.
Oder war es etwas Anderes
als Widerstand?
Er zog sich zurück,
gewann an Boden:
kein erlittenes Unrecht. Er gab nach.
Manchmal genügte der Anschein,
um ihn in der denkbar besten Lage
wiederzufinden.
Er verzog keine Miene:
eine zähe Natur, so überlegen
wie möglich.

Fast nichts

Zufällig sah ich dem Mond nach,
wie er hinter einer Wolke verschwand,
dachte mir nichts dabei
an einem beliebigen Abend
mit Westwind und zufällig allein
im Garten, der blühte, und
es war kein Zufall, daß es jetzt
Päonien, Rhododendron, die gelben Iris waren,
ein folgerichtiges Blühen,
die Logik der Jahreszeit.
Zufall will das Folgerichtige –
allein deshalb dieses Blühen jetzt
und der Mond zufällig hinter der Wolke –
das hatte Unschuld,
wie es glückliche Augenblicke gibt,
in denen fast nichts geschieht.

Was willst du mehr

Was willst du mehr?
Du bist einen Tag weiter gekommen
und lebst:
als wäre dies Leben
nichts Besonderes,
Licht hinter den Augen und im Kopf,
was du sowieso nicht begreifst:
ein endloser Film mit dir
und anderen: Wörter, Zauber,
am meisten Staunen.
Es gibt dich immer wieder anders und genauso
warst du, manches wie bloß zum Spaß getan:
ein weiterer Tag, jedenfalls ein Indiz
für Dasein. Doch du weißt:
Tod fragt nie: darf ich denn gehn?
Fraglos bleibt er. Du hattest
von ihm nichts gewollt.
Dies hieß ihn bleiben.
Du kannst nichts tun
als weiterleben mit seinen Finten,
geschont, mit Anstand
und ruhig von Tag zu Tag
seine Frage im Ohr,
die nie gestellte,
lebenslänglich.

Warten auf Wunder

Warten auf Wunder ist
ein total schöner Zeitvertreib:
du traust deiner Zeit noch alles zu.
Überhaupt: Zutrauen
geht über jeden aufkommenden Verdacht
nach einem nicht erkannten Alzheimer-Symptom.
Wundertäter haben andere Krankheiten.
Vielleicht aber lacht dich jemand an,
und es genügt dir fürs erste
ein kaputtes Gebiß beim Grinsen.
Nein, halte niemandem etwas zugute:
dein unbekannter Freund
behielt seine Sympathie für sich.
Vom annus mirabilis
wurde bisher nur gedichtet.
Wundert es dich nicht,
daß er dich im Vorübergehn
übernahm?

Lust

Die Lust am Weinen
kann so unwillkürlich werden
wie Lust überhaupt,
Samenaustritt oder Störung
des Muskelgefühls.
Unwillkürlich sagt man,
was besser verschwiegen wäre:
man ist es anders gewohnt.
Gewöhnlich ist,
sich vor Lachen nicht halten zu können.
Der Ernst zeigt nie seine Schwäche –
Lustlosigkeit.
Ach, Lust: Gefäßerweiterung,
ethisch vieldeutig,
die Lustigen Blätter
oder das Lustprinzip
der Psychoanalyse –
genug. Genug. Unwillkürlich
wird Kasperl zur Lustigen Person.

Wer noch sagen könnte

Wer noch sagen könnte:
dies und dies alles ist so,
wie es anzusehn ist, wie man es
in die Hand nimmt:
einfache Gegenstände.
Oder ob man noch richtig hört:
das Magnifikat von Gabrieli,
den Pfiff des Streikpostens
oder auch nur: glaub es mir doch,
glaub es mir doch.
Einer will sagen, daß es ihn gibt.
Glauben ist eine Erfindung
wie Messianismus.
Was stimmt,
ist der Geruch eines Kranken,
sind vorüberfahrende Autos,
ist ein Zähnefletschen.
Oder die Luft bleibt weg
vor zuviel Himmel.
Die Hölle ist keine Erfindung,
mitten im Händeschütteln
und Wahrsagen.

Blick aus einem Fenster

Immer dieselbe Wand gegenüber
von unverändertem Grau,
unbeschreiblich, als wäre das
selbstverständlich.
Verständlich ist so wenig. Ich verstehe,
daß dieses Grau schon die Ewigkeit ist,
ohne Fenster. Nicht einmal Sonne
hält sich auf, schickt Licht
indirekt über das Grau.
Das wäre schon alles, wenn nicht alles
so fensterlos wäre gegenüber.
Und man steht doch im Fenster
und wartet, daß sich irgendwas ändert.
Geschehen wäre schon zuviel:
man hielte es nicht aus,
würde sich zu weit aus dem Fenster lehnen
und die Wand gegenüber, ganz unten,
wo sie heraufwächst,
wäre wenigstens einmal
mit Blut befleckt.

Wie soll ich dich umarmen

Wie soll ich dich umarmen
und wie begegn' ich dir –
es gibt doch kein Erbarmen
und zwischen dir und mir

gehn Worte hin und her,
die enden ganz im Schweigen.
Wer von uns mag nicht mehr,
will's nicht dem Andern zeigen?

Wir haben nichts getan,
was nicht auch andre täten.
Wir sehn uns nicht mehr an
in unsern Mörder-Städten.

Niemand hat uns geschont.
Umarmung kann auch töten.
Wir sind den Mord gewohnt.
Wer hilft uns beim Erröten?

Laß endlich Licht ins Zimmer

Laß endlich Licht ins Zimmer, zeig vor,
was du in Händen hast.
Du kennst diesen kleinen Mann im Ohr,
die gewöhnliche Lebenslast.

Und die Sterbensangst kann man nicht sehn,
wie im Kopf den besonderen Tick.
Ich weiß, du kannst da nicht widerstehn
und wirfst den Kopf ins Genick.

Das Licht im Zimmer macht, daß es blitzt
dir im Kopf: war je was im Lot?
Ich weiß, was dir ständig im Nacken sitzt,
schließlich geht es um Leben und Tod.

Es geht dir zu gut

Es geht dir zu gut, Freund:
du merkst noch nicht,
wie hoch für Weiterleben gezahlt wird,
jeden Tag – einfach hergeben,
was man hat, und hingehn,
noch einmal laut lachen um nichts,
das Händeklatschen beenden,
auf Knien rutschen, weil der Atem noch da ist,
und mit den Fingern den Pfiff versuchen,
auf den es ankommt, um sich Gehör zu verschaffen,
in jedem Fall mit den Fäusten
gegen die Wand trommeln, die an den Himmel reicht
und zu gut trennt. Zu gut
geht es dir, die Zunge schnalzt noch nicht
den letzten Fluch oder die Zote,
die weiterhilft himmelwärts:
es gibt nicht einmal die Hölle –
Wahrheit und andere Irrtümer
oder das endgültige Glück,
sich den Tod zu verdienen
– Luft in den Adern –,
wenn Weiterleben zu nichts mehr taugt.

Täglich

Früh auf. Bei Tagesbeginn. Es ist Sommer.
Der Blutzucker der Nacht. Das kühle
Insulin spritzen. Ich werde
auch heute Furcht vor dem Tag haben.
Nur das Datum im Kalender ist glaubhaft.
Wenig später der erste Fehlschluß.
Was fehlt, ist Zutrauen: ein Fehlverhalten.
Du wirst jeden Tag anders zu spüren bekommen,
daß du noch lebst.
Nichts ist selbstverständlich tagsüber,
im Auf- und Abgehen, sich ausdenken,
nicht ein noch aus, und am liebsten,
wenigstens auf dem Soennecken-Block
einen Tag weiter zu sein.
Aber vorläufig vom Zeitunglesen
aufsehen, von den sich krümmenden Fingern,
einem nicht abgesandten Brief.
Du hörst deine zögernden Schritte zu laut,
wie fremde Geräusche. Überhaupt
das unerträgliche Fremde an dir.
Je suis l'autre, ja, dies auch:
Literatur, die fremd wird,
manchmal noch ein Blitz aus heiterem Himmel.
Null ist dir die wichtigste Zahl.
Du lebst sie täglich.
Deine Stimme wenigstens erkennst du.
Durchgestrichen die Worte, die Sätze,
die Zusammenhänge.
Du hast Fürchten schon hinter dir,
lebst immer weiter.

Halt' die Hände vors Gesicht

Halt' die Hände vors Gesicht.
Es ist besser so.
Sie denken, du weinst,
und die Tränen, die andere sehen,
machen blind oder trocknen langsamer.
Es ist besser so,
du versteckst dich vorm Irrtum der Leute:
die glauben nämlich – laß sie glauben ...
Aber du versteckst deine Wut,
die Grimasse, die der Ekel zeichnet,
vor perversen Umarmungen täglich.
Sie lügen sich in den Hals hinein.
Die Hände vorm Gesicht, siehst du rot –
die Gemetzelten überall, während das Kapital
Geschichte macht wie schon immer
im Westen.
Weinst du wirklich um Marx?
Sein Kapital ist verbraucht.
Du weinst um die Utopie
eines Händedrucks mitten
im Kalten Krieg.

Dies ist dein Mann

Der die Minuten zählt,
der sich um nichts quält:
sieh ihn dir an.

Dem es an allem fehlt,
dessen Gehirn sich schält,
der nichts mehr kann,

sich mit dem Zorn vermählt
und der sein Ende wählt:
der ist dein Mann.

Juli

Brandgeruch Juli. Versengtes Gras:
heiß und trocken.
Dein Gesicht an meinem –
so sehen uns für einen Augenblick Leute,
oh, sagen sie, drehen sich kurz um.
Wir werden immer leichter:
einer kommt über des anderen Körper.
Zögernd, zufällig alles.
Verbrannt das Gras und verbrannt
die Lippen mit rissiger Haut.
Das Leuchten des Blicks,
bevor er sich senkt.
Von jeher war es so.
Verbrannt bis in die Stimmbänder.
Dreimal ein schnelles Ja –
gewalttätiger Monat
und ein kurz geöffnetes Kleid.
Zögernd, zufällig gibst du nach.

Air

Mädchen, du gehörst dir nicht mehr.
Du wurdest in der Luft ein Lied, das ich summe,
ganz einfach ein Lied, das
keine Noten braucht,
für immer im Ohr für die,
die es hören, ganz einfach
die Melodie in der Luft,
in der du lebtest,
als du über mich lachtest.
Mädchen, ich war der Mann,
der es zuerst hörte –
ein Lied ohne Worte.
Die Worte mache ich später für dich.
Noch bist du für mich erreichbar
ganz ohne sie, Mädchen.

Lachen

Lachen ist gut für den,
der genug hat vom Weiterleben,
immer den gleichen Handgriffen,
um weiterzukommen
mit längst bekannten Antworten,
gezieltem Fortschritt und alten Sprüchen,
die nie stimmten: plötzlich
Tränen lachen vor Traurigkeit
und um dir kurz zu entkommen,
die heißen Tränen später,
sich jetzt ausschütten, den Bauch halten,
wenn die Leute sich wundern,
daß du immer noch nicht genug hast,
weil du lachst vor Schmerz
im Kopf, der noch nicht aus Plastik ist –
dein richtiger Kopf,
der sich erinnert, daß es ihn
von Anfang an gab,
spätestens von dem Augenblick an,
als dir klar war,
daß du so und nicht anders lebtest
für dich und andere,
die du zu gern hattest,
um es ihnen zu sagen.

Schneller, schneller

Auf dem Handrücken Altersflecken
– begehrenswerter denn je bist du.
Hier die Stelle des Abschieds?
Laß, Hölderlin: Liebeshunger
ist ganz ohne Abschied und Alter.
Wir brauchen uns doch immer wieder:
ein Geruch, der sich nie verliert, das Begehren.
Du willst mich so und nicht anders.
Im Körper spür ich dich lange.
Du warst mir über. Die Liebesstellen
sind sterblich.
Wir brauchen uns wie für immer,
wenn es das gäbe,
immer wieder dieses
»schneller, schneller« im Wahn.

Die Politik

Die Politik im Koma, heißt es.
Andere dachten schon daran, daß Alzheimer
anfangs vielleicht die Wahrheit
öffentlich vergeblich suchte,
dann verkam als Krankheit,
ohne Wiederkehr zum Nächsten,
der ihn noch verstanden hätte:
Verstehn als noch erklärliches
Mißverstehn. Vom Amok
weiß man, daß er blindlings
blutig endet.
Politisch sei der Mensch: zoon politikon
ihn noch zu nennen nichts als zynisch,
nicht, weil zu lange her und Griechisch doch
eigentlich schön ist. Immer noch
stellt man sich's vor, und Politik
ist ein Wesen durch die Geschichte,
also legitim
für manches gute Wort, das man ihr
nachruft. Aus dem letzten Schlaf
erwacht nun einmal keiner mehr,
und Alzheimer ist doch ein Fall
für die geschlossene Anstalt.

Einiges, das es gab

Es gab die gewaschenen Augen,
die alles glaubwürdig erscheinen lassen:
den Trugschluß.
Es gab diese Spasmen: Umklammerung
in der Liebe, die sich im Krampf
nicht lösen konnte.
Das Krampfhafte überhaupt:
immer noch weiter leben zu wollen,
während das Leben
tatsächlich weiterging
in seiner Folgerichtigkeit.
Es gab die Laune,
die keine Vernunft kennt.
Es gab den Zufall,
dem Nietzsche nicht die Unschuld
nehmen wollte.
Es gab die Unbarmherzigkeit,
Logik geheißen,
die Schönheit geometrischer Figuren.
Es gab das Allerlei des Einen:
Gott zu erkennen,
der schon auf der Flucht war.
Es gab das »il y a« in den Gedichten Rimbauds.
Es gab dieses Jahrhundert,
in dem Gandhi Stalin nie zu sehen bekam,
aber der Erdball sich endlich
zugrunde richten ließ.
Es gab das Unwillkürliche:
sich in den Armen zu liegen vorm Sterben.
Es gab noch nicht die Hand,
die allem ein Ende macht.

Weltende

(In memoriam
Jakob van Hoddis)

Der Bürger war inzwischen abgeschafft.
Man ließ die atomare Sprengkraft los.
In was man lange im Labor vergafft
gewesen war, war doch ein Anfang bloß.

Und in den Lüften lebt nur noch Chemie.
Am Ende war die Tat und kein Geschrei
gab es nun mehr. So lautlos wie noch nie
war's. Und mit dem Planeten jetzt vorbei.

Ein Wort ums andere

Stell dir vor,
es würde ein Satz daraus –
ein Wort ums andere
fällt mir ein zu dir
und mir und unsere gemeinsamen Wörter
hörten nie auf,
wie sie uns einfallen
zu unserem Leben.
Meins endet bald –
aber deines, deines:
ein Jahr ums andere!
Wir sind immer noch
mitten in unserem Satz,
mitten unter den Wörtern,
wie sie uns einfallen
zu unserem Glück –
wir sind dann glücklich.
Und mit Händen zu greifen
sind die Wörter, die uns gelten –
einen Satz lang,
der nicht endet.

Einen anderen aus sich machen

Juckreiz und Depression:
manchmal bleibt nichts
als im Kopf der Bankrott.
Man muß ihn natürlich verstecken.
Sie sagen schon:
das kann nicht angehn.
Man tut, wie erwartet,
kleidet sich modisch.
Sie sagen schon: super.
Man wechselt die Stimmlage,
geht auf die lange Flucht der Einfälle,
einen anderen aus sich zu machen,
wie man im Alter
sein transparentes Gerippe
verbirgt, das Abfallprodukt,
das aus Versehen noch lebt
und die Finger verschränkt,
ehe man auffällt
und Tod dazwischen kommt,
als wäre man sterblich,
schickt schließlich jedwede Vorladung
an die Ewigkeit zurück.

Ich denke mir

Ich denke mir: mein Kopf ist heil.
Das hat nichts zu bedeuten.
Ich denk' mir manchmal noch mein Teil.
Im Kopf biet' ich noch vieles feil,
hör' ich noch manches läuten.

Ich irr' mich oft. Ich irr' mich gern.
Was bring' ich noch zustande?
Es bleibt ein Schnickschnack vor dem Herrn,
seh', wie ich täglich mehr verlern'
und wie's verläuft im Sande.

So heißt es doch. So sagt man doch: –
ich laß mich gerne blicken,
wo man mir sagt: ich lebe noch,
und dorthin, wo's nach Leben roch,
laß ich mich weiter schicken.

Noch kannst du's machen

Noch kannst du's machen:
färb dein Haar rötlich.
Da gibt's nichts zu lachen:
die Welt ist tödlich.

Um anzufangen –
gib auf und laß sein.
Was heißt schon Verlangen?
Du krepierst allein.

Laß mich's sagen:
nichts bleibt als Gehen.
Es ist schon seit Tagen
um dich geschehen.

Wie wir gemacht sind

Wie die Damen gemacht sind,
denen man nur noch auf dem Papier begegnet,
wie jede ihren Faden knüpft,
keine Liebfrauen,
so wie wir unseren Faden
spüren:
die Parzen und die Bürgerkriege –
statt Schicksal bloße Aggression.
Wie die Straßen gemacht sind,
die Energie der Gemetzel,
mit dem großen Wolf der Zerfleischung,
der wiederkam.
Wie die Leichentücher gemacht sind,
die das Fernsehen nicht zeigt,
wie die Wörter gemacht sind,
mit denen die Werkzeuge
nach der Folter angeboten werden
samt den Fingernägeln.
Wie die Herren gemacht sind,
die es taten und noch ganz anderes.
Und wir sehen uns an und
sind ihnen ähnlich,
weil wir gemacht sind wie sie,
ohne es zu fassen,
wie wir gemacht sind.

Die fremde Sprache

Ich spüre: meine Sprache wird mir fremd:
Wörter, ein Zusammenhang,
ein Satz, sein Sinn, sind wie ein fremdes Hemd:
so nah am Leib. – Es ist wie Müßiggang

und ganz umsonst kommt Deutsch und hat doch Sinn
und Abersinn genug für mich gehabt.
Ich frag' und frage mich: wie bring' ich's hin?
Ist plötzlich eine Falle zugeschnappt?

Ich spreche doch wie immer oder ist
die Fremde schon in mir und hat belegt,
verändert das Verstehn, setzt eine Frist –
auf die ich sprachlos deutsch mich zubewegt?

In Wirklichkeit

Von Selbstachtung hören.
Ein andächtiges Gefühl kommt auf,
mag sein, ein unsicheres,
wie in Gesellschaft
mit übereinandergeschlagenen Beinen dasitzen
und allerlei zu sehen kriegen –
Unterwäsche. Die Dame sitzt schlecht,
wie man selber schlecht dasitzt
und auf etwas besteht,
das man nicht sagen wollte.
Und man sagt es gut und gern,
sieht noch einmal auf den Rock der Dame,
die ganz leicht die Beine übereinandergeschlagen hat,
von Moosrosen oder einem Tennissieg
zu lange redet, schamlos,
als wäre Scham überhaupt nicht vonnöten.
Im Kopf erfindet man,
was gefällt: anderes,
über das wirklich kein Wort fällt.
Das wahre Obszöne
ist in Wirklichkeit
unauffällig.

Das macht nichts

Wer hat schon die richtige Chemie?
Das richtige Bewußtsein gehört dazu –
geh um die Ecke: was dir gefiel,
stimmt nicht mehr. Das macht nichts.
Du tust einmal dies, einmal das –
du bist noch am Leben,
läßt dir die Haare färben,
mußt austreten,
dir ist nicht geheuer –
du versuchst, Welt zu verstehen,
erlebst gelbe Iris zur Gartenzeit.
Bewußtsein spürst du nicht
und Verhalten schwankt.
Morgen ist auch noch ein Tag.
Du wirst staunen: was dir gefiel,
stimmt nicht mehr. Das macht nichts.
Das hat eine andere Geschichte.

So einfach ist das

Komm nur her, wenn du magst:
ich will dir sagen, was Sache ist.
Ursache und Wirkung kannst du vergessen –
das hat mit Logik zu tun.
Zur Sache kommen ist einfacher:
wie nach der Uhr sehn und die Uhrzeit
ernst nehmen oder Licht anschalten
und es brennt im Kopf,
die Tür offen lassen und warten,
wie sie ins Schloß fällt,
oder die Wand entlang gehn,
kein Ende finden, sich irren,
und verirren, sich selber was
antun und nicht wissen,
was des Anderen Sache ist.
Tatsächliches begehn:
gedacht wie getan,
dir auf die Finger sehn,
wie sie sich zur Faust ballen
oder sich vor einem Himmel öffnen,
der keine Hölle kennt: –
so einfach ist das.

Wie alt wurde Melusine?

Wie alt wurde Melusine?
Zu viele haben ihr nicht das Wasser gereicht
seit den Tagen der Grafen von Lusignan.
Sie hatte genug, als sie erwischt wurde:
wer hält unter Menschen aus?
Die neue Melusine eine Dichtung lang,
wenn sie das Märchen ihrer Schönheit hört.
Es gibt keine Musik unter Wasser.
Es genügt überm Wasser der Mond,
der nach ihr am Teichspiegel sucht,
den kein Alter schert, weil er wie sie überlebt:
ein Wunder trotz Goethe und Mendelssohn.
Sie entzog sich allen. Eine Fee
hat kein Alter für die,
die über sie Worte machten,
während sie lautlos verschwand
für immer in ihrem Element –
ein Meer-Wesen, leichter als Wasser.

Für einige Zeit

Für einige Zeit
fühlt man sich in schöner Gesellschaft
gut aufgehoben.
Alleinsein dagegen hat etwas Teures.
Wer hält hier durch?
Zügellos allein ist man schließlich,
und was könnte geschehen,
wo doch jeden Tag
etwas in einem stirbt,
Belangloses, je nach Veranlagung.
Langsam geht es kaputt:
das Gefühl für Zeitverschwendung,
die stille Unordnung von Leben.
In schöner Gesellschaft dagegen
ist alles austauschbar,
Meinung um Meinung
verschwindet gesprächsweise.
Nichts als Erleichterung kommt auf.
Schon wird zu laut gelacht
über alles, was recht ist.
Man findet sich erst wieder,
wenn man das Selbstverständnis
der Anderen leid ist.

Das Leidliche

Einer lebt mit Anstand, einer mit Vorsicht: –
Der mit dem Mittel-Scheitel,
der Tugend, sind beide recht.
Sie liebt mattrosa, die angepaßte Farbe.
Man soll sie nicht unterschätzen.
Eine gewisse Sicherheit im Geschmack
ist erwünscht, angesichts
der vielen Verwünschungen täglich,
doch auch der Gewißheit, daß es sich
mit Irrtümern leidlich leben läßt.
Das Leidliche überhaupt
und der richtige Tugend-Tip
in der Banknoten-Tasche:
es bleibt beim Scheitel in der Mitte.

Exit

Die letzte Krankheit. Man wird ganz allein sein
mit Apparaten. Und Dein- und Mein-Sein
ohne Unterschied in der Agonie.
Man wird so schmutzig oder so rein sein
und ohne Schuld und ohne Verzeihn sein
nach der letzten, tödlichen Therapie.

Schatzgräber

Eine Glühbirne, durchgebrannt,
ein schlaffes Genital.
Die bekannte Feindeshand
bedroht dich noch einmal
im bekannten Abendland:

eine Lache Blut im Dämmer,
ein Stilleben wert,
nach diesem Schatze grabend,
eh man zur Hölle fährt,
mit einer Leiche verkehrt:

Europa ist nur ein Spritzer
Blut vom Blut überall.
Wer wird der Schatzbesitzer
vor dem großen Rauch und Schall,
dem globalen Feuerball?

Statt Liebe

Ein Stück Heliotrop im Garten.
Ein Orangenbaum: zum Verlieben,
wie sie sagt. Und ein Blühn aller Arten,
bis zum duftenden Mauerschatten.
Wir haben es weit getrieben
mit dem eigenen Verlieben.

»Gib mich nicht völlig auf.« Später
liest man es so im Zimmer
und fühlt es so, weiß: der Verräter,
er schläft nicht. Statt Liebe sät er
die Eifersucht und ein Warten
statt Leidenschaft. Und im Garten

blühn weiter die dichten Rabatten
und Blumen im namenlosen
Licht, die sonst Namen hatten.
Die schönen Falter begatten
sich im Blütendschungel, umflogen
die, die sich selber betrogen.

Libelle

Der Sommer – eine jagende Libelle
ruht plötzlich auf der unbewegten Luft. Ich will
es so: mein Auge. Auf der Stelle
verhält sich eine heiße Landschaft still.

Sie duftet schattenlos, hat keinen Namen.
Der Himmel niedrig. Und es fallen schwer
die Worte nun, und um so mehr
lastet die Stille. Es verstreuen Samen

lautlose Vögel. Nun verschwendet Leben
sich schweren Atems in der Hitze.
Die jagende Libelle: nach dem Schweben
von Unruhe gejagt vorm ersten Blitze.

Possessiv

In der neuen Grammatik
das Possessiv-Pronomen
übt sich in seinem gerechten
Einfluß, der zunimmt und
weiter in Übung bleibt, über
Grammatik hinaus: besitzanzeigend.
Besitz ist etwas Sicheres,
lohnt sich erst als Naturtrieb:
alles was recht ist. Noch sprachlos
vom Zusehn, nimmt man Grammatik
beim Wort, merkt, daß ein Wortschatz
sich auszahlte außerhalb
von Sprache, ganz selbstverständlich
nun ein Goldesel, Tischlein-deck-dich.
Die Märchen-Grammatik
kommt ohne Fürwörter aus.
Das sprachliche Feld dekliniert sich
nach Lage der Marktwirtschaft:
(die Leasing-Branche ist mächtig).
Was soll's: Kapitalfluß bewegt sich
doch ganz ohne Marx und zum richtigen Zeitpunkt.

Im Bann

Der Schatten von Menschen in Fenstern,
die hell erleuchtet sind,
phantastische Silhouetten,
wenn draußen das Dunkel beginnt.

Die Nacht kommt mit anderen Augen,
hat anderen Geruch.
Es stehen Türen offen.
Und willenlos genug,

hörst du auf eine Stimme,
verlockend körperlos:
sie nennt dich schon beim Namen
und du gehorchst ihr bloß

und folgst durch fremde Zimmer,
spürst: jemand sieht dich an.
Du wußtest von ihm schon immer
und folgst nun, stehst im Bann

von einem, der längst gewartet
auf dich: begehrenswert
warst du für ihn schon seit langem. –
Wer erst mit ihm verkehrt,

hat alles abgeschrieben.
Noch einmal zieht vorbei
dein Leben wie dein Lieben
und was von ihm geblieben.
Du bist von allem frei.

Erröten

Freundschaft als Parole
verlor an Wert.
Die Erkennungszeichen wechseln.
Manchmal genügt es schon,
daß man sich ein wenig
nach links oder rechts setzt,
um Aufmerksamkeit zu erregen.
Seelenstärke gehört dazu.
Die Macht des Vergessens
wird überschätzt.
Schon recherchiert einer.
Ein anderer schließt aus der falschen Akte –
zweifellos ein Akt des Mutes,
unbeschädigt weiterzuleben.
Gutgläubig schlägt jedem die Stunde,
der Farbe bekennt.
Aber weiß jeder, was
hinter dem Regenbogen das Wetter will?
Nur die Schüchternen
erröten noch vor der Wahrheit.

Alles oder Der Fall

Alles. Und nichts dazwischen –
kein Fuß in der Tür, keine Hand,
die es juckt, alles fortzuwischen,
was auf den Tischen stand,
kein Mund, um auszuzischen,
was er verlogen fand.
Und nie mehr Rand und Band
und nirgends mitzumischen: –
durch die Finger rieselt Sand.
Und das Rieseln ist schon alles.
Nichts raubt mehr den Verstand. –
Es gibt kein Ende des Falles.

Oktober

Quittengeruch. Ein Sonntag im Oktober
und zuviel Ozon. Man stolpert im Licht,
eine Schürze voll roter Birnen.
Frauen, sagt Katherine Mansfield,
mögen Sonntage am liebsten.
Am liebsten Minuten, sage ich,
in denen man Nacht wie Hände braucht,
die Haut der Nacht.
Sie spielen mit Quitten, englische
und deutsche Frauen, die
aus langen Sätzen auftauchen
– wie sie alle duften –
Quitten, Achseln, leichter Liebesschweiß,
wenn sie tun, was sie mögen!
Hinterher sagen sie:
ich habe dich immer zu wenig gespürt.
Sehnsucht hat einen Vornamen: Heimweh.
Die Nacht ist schon schwärzer
unter der Merino-Decke,
mondlos, Oktober.
Die inneren Krankheiten
stehen bevor.

Die Wahrheit

Der Rücken der Dinge: wie Fabel,
die Phantasie vermehrt. –
Schon ein Elektrokabel
hat angemessneren Wert.

Ein Aufenthalt für Schemen,
am Inkognito erstickt. –
Mit vollen Händen nehmen,
was man als Verlockung erblickt.

Die Leere hinter dem Locken
von Chips und Video.
Der Atem will uns stocken:
die Wahrheit entdeckten wir so.

Anonymer Tag

Wie zwischen den unaufgeschnittenen
Seiten von Büchern,
austauschbar die Stunden.
Man gibt in ihnen Acht und
die Ohnmacht der Liebe dazu,
von Augenblick zu Augenblick,
unauffällig der Haß unter Menschen,
und gar nicht genug Staub,
der sich mit der Tageszeit
in Ecken und auf hinterlassenen
Schriftzeichen sammelt.
Niemand braucht sein Gesicht
zu verhängen –
ohne Wohl und Wehe das alles,
Zeit der mechanischen Gesten:
mach weiter.
Ein Ende ist ohnehin nicht zu erkennen.

Die zweite Zeit

Wider alle Vernunft
lebte am Ende er so:
von einer geistigen Brunft,
die in Geschriebenes floh,

in eine zweite Zeit,
der er die Worte lieh,
Worte und Sätze von weit,
wie ein Echo oder wie

etwas, das sonderbar
aus einer Fremde kam,
in der alles anders war
und ihm die Sinne benahm.

Glück

Du wußtest wirklich nicht,
wie dir geschah.
Verlorst du die Sprache?
Ist Staunen so?
Fassungslos stumm alles.
Jemand nahm dich bei der Hand,
und es war kein Engel.
Jemand sah dich an,
gleichzeitig.
Von nun an brauchtest du
kein anderes Gesicht mehr.

Das kam von oben.

Daß es Glück war,
weißt du erst jetzt.

Ein Wind strich vorüber

Ein Wind strich vorüber. Die Blätter
bekamen andern Geruch
nach einem anderen Wetter.
Ein Windstoß ist mächtig genug,

Süßes und Bittres zu mischen:
den Atem des Chlorophylls
und Laub aus den Winkeln zu wischen
zu Haufen grünen Mülls,

zu Blütenparadiesen
und einem duftenden Staub.
Ein Wind strich vorüber. Glaub,
er verlor sich in herbstlichen Wiesen.

Niemand wird danach fragen

Du möchtest nicht anders heißen
als wie im Paß zu lesen.
Er verrät von deinem Wesen
nichts. Einen Mann aufreißen,

eine Frau, ist Hörensagen
für dich. Wie dein Leben lief
und wie du dich betragen –
niemand wird danach fragen
und wie man dich manchmal rief

mitten im Weiterleben.
Und was von dir übrigblieb
und was dich weiter trieb,
dein Leben abzugeben
an Worte, die dir noch lieb
sind als Echo und kleines Beben
von Sätzen, die wenig besagen.
Niemand wird danach fragen.

Ein Tag wie andre

Ein Tag wie andre: du weißt,
ich frage manchmal die Stunden,
was Weiterleben verheißt –
die Antwort wird nie gefunden.

Der Zufall behält seinen Wert.
Nichts will ich wissen von morgen
und was noch glückt, was verheert,
sind doch des Zufalls Sorgen.

Ein Kartenspiel ohne Karten –
oder sieht es sich anders an?
Soll ich noch länger warten,
was schließlich geschehen kann?

Auf Leben und Tod

Wie er sich selber betrog:
es war schon sonderbar.
Wegen nichts um sein Leben log
und dabei ganz ruhig war,

ganz selbstverständlich der,
der nichts davon wissen wollte,
wie es um ihn stand, wie er
sich noch verhalten sollte.

Was schließlich war noch im Lot?
Denn alles galt doch gar nichts.
Was übrigblieb: es war nichts
als Täuschung – auf Leben und Tod.

Ein Hauch von Anarchie

Ein Hauch von Anarchie oder Augentrübung:
und der Mund ist nicht zu halten.
Weder links noch rechts: nichts als Übung,
der Wahrheit zuliebe, die hat Falten.

Mit ihr sich zu identifizieren,
da es sie nirgends gibt,
und nicht die Besinnung verlieren,
eher zusehn, wie alles kippt.

Und wissen: Pilatus, ein guter Mann,
kam direkt aus der Bibel, hatte recht:
was ist Wahrheit, an die man sich halten kann,
wenn man spürt, es wird einem schlecht.

Überall Spielzeug

Überall Spielzeug
vergangener Jahre. Weniges
blieb heil. Unkenntlich
gealtert das meiste.
Ich lebte ernsthaft damit,
meinte, es gehöre sich so.
Meine Phantasie zerbrach gern,
was sie in die Hand nahm.
Im Kopfe war das anders.
Nichts alterte.
Meine Phantasie war mein Körper,
ohne Hinterlist und kopflos ohne
Widerspruch – so ließ ich gelten,
was mir galt.
Im Kopf Verwickeltes wie Anarchie,
wenn hinter Doppeltüren
die Internationale sich nicht unterschied
vom Volkslied.
So sanft war alles durcheinander
gebracht. Bis in die Gelenke
spürbar das Älterwerden.
Um mich her wechselten ständig
Farben und Talente.
Es gab schließlich nichts Ernsteres
als das zerbrochene Spielzeug –
wie Leben später:
optisches Theater
weder Hand noch Fuß.

Die andere Stimme

Leicht wie ein Mineral –
Worte, noch einmal gesprochen,
Worte bei sinkendem Licht,
in dem die Farben gebrochen,

hör ich die eigene Stimme
als eine fremde, die schon
anders ist, wie sie's versucht:
Sprechen im anderen Ton.

Worte – nun dunkler Kristall:
so ist es spät am Tage,
eine zögernde Dämmerung lang,
eh ich mir Worte versage.

Das Innere

Leben – die Mordimpulse
dringen bis ins Gehirn,
wenn Paranoia lauert
hinter der alternden Stirn

als ein Lebenswahn, eine Warnung,
ein Gelüst, schon aufgelöst,
eine Sucht, eine ständige Tarnung,
wie sie langsam Seele entblößt

oder das, was man Inneres nennt –
einen Abgrund, den man nicht flieht
und dem man nicht entkommt,
wenn er Leben an sich zieht.

Das rote Tuch

Das rote Tuch für die Nostalgie,
Ikone vergangener Zeit,
eines Jahrhunderts der Utopie
und immer noch manchem nicht leid.

Das rote Tuch für den Stier, der senkt
die Hörner nun, kampfbereit
und für die, die man inzwischen hängt:
rot – oder es ist so weit.

Und das Blut bleibt rot wie das rote Tuch,
das gestern noch jemand geschwenkt,
ein roter Lappen: genug ist genug:
Geschichte ist blutgetränkt.

Um Haaresbreite

Der geht dem Geruch
nach, der einer Frau,
der einem Widerspruch,
der weiß genau

Bescheid und hat reichlich,
den lob' ich mir,
der glaubt unausweichlich,
daß ihm, wie dir,

am Ende gar nichts
zu sagen bleibt,
dem um ein Haar nichts,
der weiter schreibt.

Im Volkston

Alles wird schön im Licht,
wandert von Hand zu Hand.
Einstmals: wer hatte nicht
ein schönes Vaterland?

Lange her. Ungefähr
so wie im Märchen schon.
Und keine Ahnung mehr:
nur Investition,

ungewiß wie das Glück.
Anlagenintensiv,
wünscht sich die Zeit zurück
in ihre Unschuld, tief.

Was unter der Hand entsteht

Was unter der Hand entsteht,
ist niemals ausgemacht:
Unschuld, Vulgarität,
eine erste und letzte Nacht.

Was unter der Hand geschieht,
ist Überraschung wert:
Verfall, den niemand sieht,
Verlangen, das sich verzehrt,

eine lange Hysterie,
die niemals ihr Ende findet,
ein langes Verschwinden wie
langsame Agonie,
die Leben und Tod verbindet.

Was war mit deinem Leben?

Hin und her Gehn und warten,
daß endlich etwas geschieht,
Blättern in falschen Karten,
draußen brennt herbstlich der Garten,
und du spürst, wie gar nichts geschieht.

Du suchst in den leeren Händen.
Du wartest vor leerer Wand,
verirrst dich vor weißen Wänden,
auf denen geschrieben stand

noch gestern, von Hand geschrieben,
ein Satz, den du jetzt vermißt:
ein Satz vom vergeblichen Lieben
und wie es am Ende ist:

am Ende ein Schulterheben,
ein kurzes Achselzucken
und still zu Boden Gucken,
ein auf den Boden Spucken –
hat es dich je gegeben?
Wie war das mit deinem Leben?

Etwas über Besitz

Besitz ist fühllos – dagegen
das Gefühl, etwas aus der Hand zu geben,
etwas sein zu lassen: man sieht
der fremden Hand zu, die besitzt,
was sie bekam und damit tut,
was sie will: weitergeben, weil es
von einer Hand zur anderen soll,
bis es schließlich wieder
Besitz wird und so fühllos,
wie alles, was schließlich
niemand mehr anfaßt,
es auf sich beruhen läßt,
was immer auch unter der Hand lebt,
durch die Finger fällt –
unruhig Ding, das keine Weile
mehr haben braucht.

Einiges an dir

Vergiß nicht: einiges an dir
war so, daß ich es gern hatte.
Ich sage nicht mehr. Einiges
war wie nirgends sonst –
eine Handbewegung, Schnappschüsse,
ein abgebrochener Satz –
alles war gesagt,
die halb geschlossenen Augen,
wenn sich etwas bewahrheitete.
Ich sage nicht alles.
Man bekommt es von niemandem
besser zu hören.
Du wußtest es besser.
Du unterbrachst dich,
hörtest zu, wußtest
gar nichts mehr:
nichts war dir lieber.
Einiges an dir
verlor sich nach und nach.
Einer schrieb – er wußte Bescheid –:
Da ist nichts Feines am Sterben.
Man kann es nachlesen.
Vergiß es.

Das reicht

Das reicht für die nächste Stunde.
Selbst der Pulsschlag kennt Arhythmie.
Ich lachte und war ein anderer.
Du verzogst die Miene,
als du mich wiedersahst.
Ich bestehe auf nichts mehr.
Das reicht für den nächsten Tag.
Das ist schon unheimlich.
Halt' dich ans Atmen und Schlucken
und das augenblicklich Andere überhaupt: –
so lasse ich es gar nicht erst
zu Identität kommen –
der lebenslänglichen Lüge.
Das reicht für morgen.
Wer sonst bin ich? Doch nicht gar
identity
singing . . .

Das Gefühl der Gewißheit

Das Gefühl der Gewißheit ist niederträchtig.
Du lebst – das hat manchen Sinn.
Ein Gefühl von Ohnmacht wird übermächtig.
Und du lebst, das heißt: du nimmst hin.

Du lebst, hast Gewissen, das schon tot
auf die Welt kam. Und die Welt,
die mit dem Ende von Zukunft droht,
hat im Supermarkt schon bestellt
deinen Tod wie das Ende der Welt

Vita

Ich lebe zu schön. Unter lauter Aquarellen,
wenn Frühling ist, sanft sogar
im November. Stimmt das alles?
Immer weiter verschont,
wenn auch nicht mehr operabel,
immer langsamer in der beschleunigten Welt.
High tech – schreibe ichs richtig?
Ich sehe auf meine Fingerkuppen, zerstochen
von tausend Stichen. Mein Blutzucker
ist mein Leben, fortschreitende Neuropathie:
was soll's? Ich gehe durch Straßen
und sehe zu Boden. Nichts links und nichts rechts
gefällt mir, drei Elstern
beschimpfen mich. Sie wissen mehr,
als mir lieb ist. Ich kippe plötzlich
zur Seite. Mein Gang ist so, ein wenig
im Zickzack. Betrunken
wirkt das. Es bilden sich Hämatome
auf Handrücken, schmücken mein Alter.
Free floating anxiety – wie für Freud
geschaffen. Aber wer merkt das?
Ich lasse nichts kommen
auf meine Angst vor ungeraden Zahlen
und Schöntun mit einer Wahrheit,
die vor der Verachtung sich flüchtet.
Schonungslos bin ich geschont:
den Rotwein im Keller trinken andere.
Immer gewichtloser
der Körper: die Kleidung am Ständer
ergibt ein Bild von mir, dem ich zustimme.

Ich lebe zu lange. Das ist gut so.
Weiter sehe ich zu, lasse es im Gedicht
zu keiner künstlichen Atmung kommen:
es ginge sonst immer so weiter.

Die Jagd machen auf Landschaft

Die Jagd machen auf Landschaft
Kodak ihre Augen –
spüren die schüchternen Liebenden
im Gebüsch schon von fern,
alle ländlichen Flanierer
wie das Nesselfieber, die Allergie
der Pflanzen, ihre linné'ische Last,
lateinische Namen –
kein Sonnenrausch hinterm Horizont.
Vielleicht ist auch Jagd auf Linnaeus dabei, Jagd
auf die Dichter von Beifuß und Liliengewächsen.
Der wildernde Hund
wird nicht gescheut,
das Rumoren im Dickicht.
Oder Landschaft im lautlosen Zustand –
ein Blätterrascheln, im Ungefähr
wächst eine Müllhalde in die Zukunft –
grüner Trödel.
Wer fragt, ob die Jagd sich gelohnt?
Kodak weiß mehr.
Phantasie war noch rechtzeitig
ausgeschlossen.

Städtisch

Städtisch. Das Leichentuch. Die große Stadt:
nur Baustelle und Slum,
vernichtend wie ein Krebs, Abgas und Infektion,
ein Fickasyl. Die Stoppelbärte lungern.
Die Straßenkinder mit den Fuselflaschen
wissen: erst saufen, dann pissen.
Jagd wird gemacht auf einzelne Verirrte.
Betteln oder schlagen.
Es sickert ganz natürlich Aussatz.
Körperöffnungen
bieten überall sich an,
und jeder nimmt sein Teil vom Weiterleben:
hier Coca Cola, dort Bakterien-Kulturen,
Notunterkünfte, Himmelspfützen,
ein brandiges Gewebe brünstiger Gassen –
städtisch: wir wollen wegsehn,
ehe uns das Leichentuch die Sicht nimmt.

Immer mehr Zeit

Nimmt die Bosheit wirklich zu
mit den Jahren,
wenn man immer mehr Zeit hat,
gern die Nekrologe anderer liest,
das Innere des Handtellers plötzlich schmerzt,
sein Skelett
immer weniger in der Gewalt hat
und sich ausdenkt, möglicherweise
schon gestorben zu sein,
ohne es zu merken, ohne
eigenes Zutun:
mit der Bosheit der Muße
allein gelassen, einem Kichern,
weil man vom Moder des Kapitalismus
gerade bei einem anderen las,
den letzten Scheck für einen falschen Freund zerriß.
Halb ausgeweidet, hat man
immer noch seinen Kummer:
Bosheit wird nicht als Funkenflug
verstanden,
sie setzt nicht mehr in Brand.

Leben

I

Leben heißt, das Einmaleins zu beherrschen –
eine Herrlichkeit wie Hochdruck,
überallhin Grüße verschicken,
lachen, auch wenn es nichts zu lachen gibt,
überall Sonderangebote. Barfuß
läuft sichs durch Licht,
das Gegenstände leben läßt,
die man übersah.
Leben: wie für immer miteinander schlafen,
Leben, verrückt vor Gefühl –
dieser Appetit auf Unbeschreibliches,
seinen Körper brauchen
für alle Zärtlichkeit, die begehrt –
ein betrunkener Zustand:
du schwankst vor Glück,
läßt alle Funken knistern,
und es brennt dir im Rücken wie Feuer.
Tage wie lange Liebesbriefe ohnehin.
Du spürst das Übermaß und lebst mit ihm.
Stimmen wie Madrigale von Gesualdo,
ein Dankeschön an die Luft,
ein ausgefegter Himmel.
Sich einladen lassen von weit oben,
wo es keine Zusammenhänge mehr gibt.
Außer sich sein – einfach so.
Hört man sich noch immer lachen? – Tu's, tu's:
So lebst du ein für allemal.

Leben

II

Schön, ein Risiko einzugehen
oder was man so nennt:
die Abenteuer dann später.
Einfach Zeit verstreichen lassen
ist besser oder Traurigkeit
sich aus den Poren waschen.
Du sagst dir, es geht immer so weiter.
Du hast ja recht, wenn du Erfolg hast
oder Wetten abschließt
auf allerhand Unmögliches,
was gut ausgeht,
übst dich unterdessen
in irgendeinem Abracadabra.
Vieles ist Täuschung, sieht dir täuschend ähnlich.
Man muß es nur wissen,
daß man alles bekommen kann.
Leben ist ein Spiel mit Geldeinsatz.
Doch du läßt dir lieber Leben zeigen:
ein fließendes Wasser,
und unnachahmlich im Erfinden
immer neuer Wahrheit.
Halt' aus. Halt' aus! Du bist schon weiter,
einige Handgriffe im Kopf.
Dein Haar weht schon im offenen Auto
als kleine Wolke dir im Nacken.

Wirklichkeit

Wer Dreck anfaßt, hält ein Stück Welt
und Wahrheit in der Hand.
Was man von Welt und Wahrheit hält,
geht über den Verstand.

Versuch es einmal mit Gefühl.
Wer hält die Wahrheit aus?
Dein Kopf bleibt doch genügend kühl
noch im Gespensterhaus.

Wahrheit und Welt: ein Schreckgespenst.
Halt deinen Kopf bereit,
daß er bekennt und anerkennt
die wüste Wirklichkeit.

Angst

Du blickst so treu. Du kommst mir gerade recht.
Ich weiß nicht weiter. Oder weißt du, wie
es weitergeht deutsch-deutsch? Was läuft hier schlecht?
Wer pfeift aus letztem Loch die Melodie?

Wer weiß noch, wer hier wem die Summe blecht,
die niemals stimmen kann, und wer verzieh
am Ende wem und was? Wer hat hier recht?
Wer glaubte wem aufs Wort: das stimmte nie.

Fragen und Phrasen! Von den Brüdern, Schwestern:
wer heuchelte von ihnen bis gestern,
als du noch treu die dritte Strophe sangst?

Deutsch wie die Vögel-West in ihren Nestern,
wer fürchtet nicht und hört ihn nicht, den festern
Tritt, zwei, drei: dies »über alles« macht mir Angst.

Die rechten Mittel

Die Mittel zu leben verlieren
sich langsam unter der Hand.
Du spürst im Kopfe ein Frieren.
Was bleibt, ist die leere Wand,

ganz ohne Zeichen und Wunder
und überhaupt ohne Sinn.
Der ganze Lebensplunder
ist schließlich Sterbensgewinn.

Kein Sterbenswort bringt dich weiter,
wenn langsam die Sätze vergehn.
Du atmest vielleicht befreiter.
Was im Kopfe bleibt, ist ein Verwehn:

nicht weniger und nicht mehr.
Was hast du noch zu erwerben
– denn die leere Wand bleibt leer –
als die rechten Mittel fürs Sterben.

Wer macht hier wieder gut?

An Deutschland ein Herzversagen.
Ein Riß durch Verstand und Gefühl,
ist manchmal schwer zu ertragen:
das Chaos global, ein Gewühl,

ein Schüttelfrost und ein Fieber.
Es geht doch Angst durch das Land.
Das mit Gefühl und Verstand
man lieben könnte. Doch lieber

wünscht man sichs anders und besser,
in weniger Reden verkommen.
Denn man redet es schließlich ans Messer:
vom bloßen Zuhörn benommen.

An Deutschland ein Zornempfinden,
eine Ohnmacht, eine Wut.
Wer mag sich im Lande schinden?
Und wer macht hier wieder gut?

Anfang und Ende vom Satze

Anfang und Ende vom Satz,
den du nie zu Ende sprichst,
du redest von einem Schatz,
an dem du endlich zerbrichst:

deinem Leben. Es endet nie
oder jetzt schon, mitten im Sprechen.
Du weißt es und weißt auch wie
alles endet: man zahlt die Zechen

im nächsten Augenblick.
Du redest schon von drüben,
du spürst's schon im Genick
und mußt dich im Leben üben.

Ich suchte nach Ordnung

Ich suchte nach Mathematik,
um Ordnung in einiges zu bringen,
vielleicht Logik, die unerschütterlich ist.
Ich ließ mich erschüttern – das Andante
des einundzwanzigsten Klavierkonzerts
von Mozart, C-dur,
im unendlich Vielen der Mathematik –
dagegen Tränen, ein Beben.
Eine Tonart – dagegen ein mathematisches Zeichen.
Ich suchte nach Ordnung.
Die logischen Partikel, Aussagen-Kalkül:
»Nicht alle Kreter sind Lügner.«
»Manche Kreter sind keine Lügner.«
Ich fand Modelle. C-dur
eine Modell-Tonart für Musik?
Ich schmeckte doch Tränensalz –
die Tränen bei Mozarts C-dur.
Dieses Salz trocknet schnell.
Ich suchte nach Ordnung.

Hinterlassenschaft

Manche mögen, was man hinterläßt.
Kleinigkeiten, das Geräusch der Schritte,
einen Satz lang, Pause, aber bitte:
manche mögen nichts als einen Rest,

machen sich die Mühe (make the best),
wollen einen Nebensatz begreifen,
Hinterlassenschaft braucht einen reifen
Nachfahr, der sich nicht beirren läßt.

Vorgang

Liebe ist Addition
von Angst und Gier.
Spürst du, wie der Hohn
wächst zwischen dir und mir?

So oder so ist's recht.
Genug ist nie genug.
Dringt Geschlecht in Geschlecht:
Lust ist wie Selbstbetrug.

Bitter der Liebesschrei,
kurz wie ein Spermastoß,
Angst und Gier sind dabei
Zeugen des Vorgangs bloß.

Schreien

Die Kohlenstoffverbindung
Leben oder was man so nennt:
ein Schreien, eine Windung
im Liebeskampf, wenn es brennt,

überall rohes Fleisch ist
Schweiß und Tränen dabei,
wenn Weiterleben Gekreisch ist:
bring mich um jetzt oder verzeih,

ein Glücksgefühl, ein Ersticken
oder ein Spiel der Chemie,
gezeugt in den Augenblicken,
als man um sein Leben schrie.

Rosenzauber

für L.

Ich will die Rosen sehn, die überall
in dem Gelände duften jetzt und blühn.
Ich lebe hinter einem Rosenwall
und brauche ihre Namen nicht bemühn –

nicht Sutters Gold, nicht Queen Elizabeth,
Dorothy Perkins. Namen sind ein Duft,
ein Glanz. Es ist mir manchmal so, als hätt
ich nie genug genannt die Zauberluft.

Ich denk an Laurins Rosengarten, den
ein Seidenfaden magisch einst umschloß.
Ich kann ihn bei geschlossenen Augen sehn
und wie der Zwergenkönig ihn genoß.

Immer mehr Demokratie

Immer mehr Demokratie
ist täglich jetzt im Handel:
ein schöner Sinneswandel
oder die Parodie

auf etwas, das man nicht weiter
beschreiben kann: Geld ist Geld.
Freie Marktwirtschaft stimmt doch heiter.
Über alles in der Welt

die D-Mark, die richtigen Zinsen
und das richtige Kapital.
Verstecke lieber dein Grinsen,
die Arbeitslosenzahl

ist hinter verschlossenen Türen,
wo jeder es besser weiß,
kein Thema. Wird jemandem heiß
und bekommt er Zukunft zu spüren

ınd denkt an sein Genick?
Der nächste Augenblick
kann schon ins Jenseits führen.

Tust du's noch einmal für mich?

Tust du's noch einmal für mich?
Denk: so viel Zeit verstrich
inzwischen,
und mancher Tag entwich,
der keinem andern glich.
Auf Tischen
ist längst für die gedeckt,
denen es anders schmeckt:
und die genießen,
während wir ein und aus
gingen, ein fremdes Haus verließen.

Wir leben schneller

Zu langsamer Austausch von Sauerstoff.
Wir leben schneller, mit elektronischem Fortschritt.
Parasitär: die Medien
und was sie anmachen:
Krieg oder Koitus als laufende Bilder,
verfügbar jederzeit. Fehlgeburten
vor der Kamera. Halb schon Legende:
die Tageszeitung, wenn wir sie
aus der Hand legen und verbreitete Demenz
zwitschert, planetarisch geworden.
Wo schießt man nicht aufeinander?
Schließlich verliert sich der Appetit
auf zuviel Eschatologie.
Vegetativ lebt sich's immer noch weiter
schön bei Feigen und Kaffee: im Schatten
die Ungeduld, nach den falschen Diagnosen,
und ein neuer Sinn
für Utopie.

Lohnt es sich?

Jagt sie und schlagt sie: schließlich,
als Mahlzeit auf den Tisch,
schmecken sie noch verdrießlich,
weder nach Fleisch noch nach Fisch.

Vorher schon gar nicht sympathisch,
lebten sie ein und aus,
man nennt es bürokratisch,
hatten ihr Aktenhaus,

hatten Partei als Bürger,
rechts oder links, egal,
waren die sanften Würger
mit dem Gehirn aus Stahl.

Hatten ihr Ansehn gepachtet,
nannten es Demokratie:
geachtet oder mißachtet,
störte ihr Handwerk nie.

Muß man ihnen das Mundwerk legen?
Lohnt sich das bißchen Jagd
überhaupt ihretwegen?
Eine Mahlzeit wird anders gemacht.

Endlich

Bis zuletzt lassen sich Vögel
aus dem Himmel fallen.
Wir sahen ihnen zu.
Wir dachten, wir liebten uns.
Aber einer von uns ging schon,
fuhr dem anderen rasch übers Haar.
Draußen das Breitband-Chaos
erwartet uns jetzt nicht mehr,
endlich können wir liegen bleiben
und Nahrung verweigern.
Endlich zu alt für alles,
was wir zu tun unterließen.
Endlich bleibt nicht ewig aus.
Bleibe bei uns, Grauen –
morgen schon heißt es:
shut up, Mumie.
Das Toten-Taxi wartet.
Ungeduldiges Hupen.
Komm endlich. Hau ab.

Leben – die unbekümmerten Bewegungen

Leben – die unbekümmerten Bewegungen:
du reißt ein Fenster auf –
die Luft wird greifbar.
Man schüttelt den Kopf:
jemand redet vom natürlichen Glücklichsein.
Ein Augenblick führt nicht zum nächsten.
Der fürchtet Gefühl, das Unfaßliche.
Der versagt vorm Ziel, der Utopie.
Einer stirbt, hinterläßt
die Unordnung eines langen Alters.
Ohne Übergang wechselt der Schmerz
um jemanden. Noch einmal verschließt sich
ein Körper dem anderen.
Laß sein, laß sein, verwahre dich,
solange deine Kraft reicht:
vor der Tür schon
bist du zu Staub zerrieben.

Ich sehe rot

für Siegfried Unseld

I

Ich sehe rot.
Der Garten will es so:
Canna und Dahlie.
Das Rostrot der Rotkehlchenkehle.
Ein Farbton, ein Märchen lang
wie dieses Rotkäppchen der Brüder Grimm –
es leuchtet die rote Kappe des Mädchens.
Alles ging noch einmal gut aus:
Perrault sah nichts als den Schrecken.
Ich sehe rot:
die Tracht des Henkers,
die Hansaflagge, im Mittelalter
Sturmfarbe des Deutschen Reiches.
Immer geht es
um Leben und Tod:
Scharlach, Zinnober, Karmin und Koralle,
eine Sättigung, sinnlich genug
zwischen Mann und Frau.
Ich sehe rot für das Leben –
Signal für Gefahr, die Rote Kapelle.
Rote Erde: mein Land unterm Schuh,
roter Faden, den ich nicht
aus dem Blick lasse –:
so sehe ich, sehe rot
das Haar einer Freundin, die
grünlichen Augen dazu: schön Rotraut.
Ach, Sozialismus, ach, Revolutionen:
noch gestern die alte Farbe
einer Utopie! Oder sehe ich recht,
wenn ich sage: dieser einzigen

Wirklichkeit?
Rot sage ich, weil Blut floß
und Staaten entstanden, Versuche,
eine Welt zu verändern, utopisch.
Und man schüttelt sich jetzt,
sei's vor Entsetzen, sei's aus Trauer. –
Rot fassungslos: eine Gartenfarbe, nichts anderes.
Es blühen die Dahlien. Der Herbst kommt.

Ich sehe rot

II

Irgendwann hat jeder
dem Roten Kreuz zu danken
wie den roten Händen der Waschfrauen
in Gedichten des 19. Jahrhunderts.
Sozialgerechtigkeit kam später auf
als jener Schüttelfrost des Gefühls,
der zeilenlang lebt.
(Solides Frieren sucht sich Prosa aus.)
Das unterschiedliche Rot geronnenen Bluts: –
ich sehe, wie überall
anders verblutet wird.
Wunden sind ohne Ästhetik.
Blutunterlaufene Augen –
die rote Wut der Pupillen
bringt sich am Ende selber um.
Rot, wie liebe ich dich, rot –
das hört sich anders an
als das Lob des Grünen
beim Dichter, der kein Gärtner war.
Eine versteckte rote Fahne
hofft auf Überleben
in der Dunkelkammer:
schon ungewöhnlich,
daß Rot hoffen kann.
Der Brandgeruch verlor sich
nach und nach.
Die Welt wird nun
in Bürgerkriegen anders angesteckt.
Gewalt kommt unsichtbar und mit Chemie. Mit Rot
wird nicht mehr laboriert.
Geschichte ist in Zukunft farbenscheu.

Ich sehe rot

III

Leben noch Rothäute im Staate Indiana?
Vielleicht gibt wenigstens
seine Universität Auskunft –
Notre Dame – das klingt französisch.
Und die Haut ist längst
zu Markte getragen.
Ich höre Rotwelsch,
Geheimsprache der Vagabunden,
sehe Rotlicht:
es stoppt nicht Phantasie.
Ja, Rot als Farbe der Liebe
noch ein für allemal.
Ich sehe, wie sie in Flammen aufgeht –
Feuer und Flamme demnach.
Ich weiß: das reine Rot:
als Urfarbe wird es betrachtet.
Weißdorn und Rotdorn im Volkslied,
schön sentimental,
wie Rotfrontkämpferbund
aus alten Geschichtsbüchern
dagegen vergessen. Dann schon lieber
die Rote Armee, aufgelöst von Geschichte,
oder das Rote Meer, in ewiger Hitze,
Moses Meer,
und rot – kein verheißenes Land mehr
am Ende von Utopien.

Ich sehe rot

IV

Bei Rot wird alles wichtig: –
er sah die Lehrbücher für Rot,
Lehrgänge für Gewalttätigkeit
und das unabhängige Rot der Theorie,
die Bluthochzeit des Krieges,
Fleischerrot oder das Rot auf Kinderwangen –
leg dir Rot auf die Lippen,
und ich sehe dich noch einmal so schön.
Rot spielte er aus,
ein rotes As. – Manche
sehen ihm zu, wie er gewann.
In unserem Jahrhundert
war rot für manche international.
Ich weiß, inzwischen gilt es
keinen roten Heller mehr:
das Symbol, die Farbe,
die auf den Lippen verblaßt.

Ich sehe rot

V

Welche Farbe hat das Volk –
rot seine Farbe, Farbe schon
seit zwei Jahrhunderten –
noch nicht abgeschafft auf manchen Fahnen,
die man kennt. – Legende
dagegen der Dichter Majakowski.
Keine Farbe mehr wie dieses Rot,
kein linker Marsch, Vers und Hammer
und kein Volk, das zuhört.
Rot der Hahnenschrei noch immer,
der geschwollne Kamm,
Zorn auf Verheißung. –
Nun der Westen, seine Händlerrufe.
Rot war ein Aufschrei:
und kein Flüstern von Geschäften,
gewaschenes Geld. – Wo bleibt
die Utopie als eine Tradition:
gelobtes Land, der denkbar beste Staat?
Statt Rot nun eher
Melancholie des Zufalls.
Statt des Ideals von jener Insel
das Leben als Dissens bei Lyotard,
sogar die Schuld zu leben.
Erstickt der Aufschrei: welche Farbe
hat das Volk? – Dagegen
gepriesene konkrete Lebenswirklichkeit.
Rot hat versagt vor schnellem Geldtransfer.

Grübelsucht

Grübelsucht ist
wie hin und her gehen
zwischen Möbeln. Unruhig:
die wachsende Ungeduld
und im Kopf von einem
aufs andere kommen:
immer schneller löst
eines das andere ab:
nichts Gutes, nur Mögliches,
das wahrscheinlich wird,
zutrifft und eintrifft, später,
morgen schon oder unbestimmt plötzlich:
Angehn gegen einen Schmerz,
den du dir selber zufügtest –
das periphere Nervensystem
leitet weiter alles, was spürbar ist.
Und der Grübler an der Wand,
gestern noch Schopenhauer und Leopardi,
bringen die Sucht,
die dreht sich im Kopf.
Du gehst weiter,
zum wievielten Mal getrieben
zwischen Möbeln – die wachsende Ungeduld.
Die Zimmerwand wechselt die Farbe,
wird schwarz wie der deutsche Philosoph,
der italienische Dichter.
Ihre Bilder grübeln nichts Gutes,
das zutrifft und eintrifft, später,
morgen schon oder unbestimmt plötzlich,
wenn alles schwarz ist
wie barer Schrecken und Schmerz.

Sein Alter

Sein Alter eine Abart
des Menièreschen Syndroms,
Drehschwindel, wider den
Uhrzeigersinn, entgegen aller Einsicht,
enthemmt oder fassungslos –
Störung des Gleichgewichts wohl.
Und im Ohr summte der Dauerton.
Die Nationalhymne.
Manchmal summte er mit
in freundlichen Augenblicken.
Immer zu selten.
Glaubhaft sein Unwille,
daß zur Sterbehilfe sich niemand bereit fand.
Die Vorsicht der Nachwelt,
sonst gewaltgewohnt,
hing radikal am Leben.
Friedlich und heiter
ist dann das Alter.
Er glich nicht dem Typ Scardanelli,
wohnte als Mensch nicht dichterisch,
wenn er Menière erbrach.

Die Folter

Die Folter, die man nicht als Folter spürt,
die lebenslange Wiederholung:
in jedem Körper wird ein Brand geschürt.
Es brennt so bis zur langsamen Verkohlung.

Er läßt am Leben langsam sich verbrennen.
Brandzeichen stehen gut ihm zu Gesicht.
Er will die Folter nicht beim Namen nennen.
Kann sein: er kennt den rechten Namen nicht.

Er hält sein Skelett bedeckt mit vielem Fleisch,
gibt sich athletisch mit gestählten Knochen:
er wiederholt sich so, unwidersprochen.
Die Folter kommt im Exitus-Gekreisch.

Daseins-Beleg

Ein Wort macht noch keinen Willen,
ein Wille keinen Weg.
Ein Anlage-Tip im stillen
ist schon ein Daseins-Beleg.

Ein frommer Wunsch ist das Zeichen,
daß etwas nicht glückt,
vielleicht zum Steinerweichen:
spielt jemand ein bißchen verrückt?

Ein Finanzbrief weiß es besser:
Europas Marktanteil.
Es kümmert ihn nicht das Heil
der überzähligen Esser.

Wer Rat braucht

Manche Veränderungen merkt man kaum.
Wer Rat braucht, um über die Straße zu kommen,
ist noch nicht verrückt.
Überhaupt – was ist Beschädigung,
ein neurotisches Symptom?

Es ist leicht, über eine Straße zu kommen.
Man winkt den Autos. Manchmal
stoppen sie. Und man dankt
mit der Hand, geht weiter,
besorgt sich, was man braucht.

Wer Rat braucht – ums Weiterkommen besorgt –,
dem mißrät etwas. Wer umkommt,
wird von Engeln vernommen
und wiederbelebt, um weiter zu winken:
Leben als Rückblende, als verbotener Spaß,
es wieder zu versuchen.

Wer Rat braucht, braucht eine sichere Stimme,
die antwortet. Weiterkommen
ist stärker als Gewissen.
Moral-Wirtschaft, fehlerlos,
nimmt sich gut aus
überall im Westen der Bankgeheimnisse.

Vergessen

I

Immer seltener nach der Uhr sehen,
sie schließlich ablegen.
Was bedeutet Vergessen?
Diesen Feigen-Geruch nicht mehr wahrnehmen,
geschlechtlich,
Fica ist spätes Latein.
Er kehrte auf halbem Wege um,
verfehlte die Richtung
wie die Schreibweise.
Bald ununterscheidbar für ihn
das Gefühl für Worte:
Satz um Satz war nicht mehr
im Kopfe, während sein Körper
mutierte.
Nach und nach verlor er sich
in der Logik der Verrichtungen.
Sein Gang löste sich schließlich auf –
keiner, der ihm von nun an
folgen konnte.

Vergessen

II

Lange betrachtete er die einzige,
nicht vom Frost getötete Magnolienblüte:
ihr Weiß. Das Rot aus dem Innern.
Der französische Botaniker
Magnol überlebte vor seinen Augen.
Die in den Nacken gerutschte Mütze
hatte er vergessen.
Er zählte Zeit an den Fingern ab
am letzten Tag im März
irgendeines Jahres.
Er sagte freundlich Namen auf,
meinte Freunde von früher.
Seine Freunde hießen jetzt Aufsagen und Abzählen.
Sein Sinn für Konkretes
war unter der Schädeldecke verschwunden.
So lebte er mit Worthülsen,
wollte immer weniger von sich selbst.
Die Blüte war für ihn
einen Augenblick lang von Bedeutung gewesen.
Als er sie besah,
hatte ihn Monsieur Magnol besucht,
der im achtzehnten Jahrhundert lebte.
Niemand sah, wie er bald danach,
den Kopf in den Sand steckte.

Vergessen

III

Lauter leere Karteikarten:
so las er Vergangenheit ab.
So war sie spannend für ihn,
so war er da, ohne da zu sein:
sorglos, nicht den Kopf verlieren
zu müssen, keine Krise
der Desorientierung: dafür,
was übrigblieb:
immer weniger Wortschatz,
sorglos mit einem basic-Deutsch.
Erst recht wurde er frei
mit dem Rudel der häufigsten Worte
und der Freiheit, sich aufzulösen,
ehe er Gebrauch machte vom Allernötigsten.

Vergessen

IV

Niemand fragte ihn jetzt nach der Zukunft.
Er litt nicht mehr an Geschichte
und an lange befragten Gesichtern
(hier die Lippen, die Augenfalten dort).
Sein Gedächtnis ist damals eine Falltür gewesen,
in der alles verschwand
wie gesunder Menschenverstand.
Er fand seine Stimme nicht wieder,
wie er sie gewohnt war – sonor.
Das Offensichtliche war fremd geworden,
wie das eigene Gesicht unbefragt.
Alles, was ihm galt,
ist wie Lüge gewesen.
Auch sie war vergessen.

Vergessen

V

Nachts weckten ihn zuweilen
vergessene Sätze, vergessene Attribute.
Er murmelte »Schönheit«,
als hätte es sie für ihn gegeben.
Er träumte Determinierung: –
so machte er sich davon,
ließ hinter sich.
Vergessen war dieses Hinter-sich-Lassen,
keine Kehrtwendungen mehr
und nachts die vergessenen Sätze. –
Die ihn tags sahen,
sahen seiner Silhouette nach.

Vergessen

VI

Er verlernte, ehe er vergaß:
einzelnes (wer achtete darauf?
nicht einmal er selber):
eine andere Reaktion, eine andere
Handbewegung, das rechte Anfangen
und Aufhören.
Seine Ungeduld wurde auffällig,
schließlich maßlos:
so endete Zuhören.
Er schickte sich nicht
in die Abfolge des Alphabets.
Eine Zahlenreihe bekam etwas Unwillkürliches.
Er verlernte, ehe er vergaß.
Die Auslassungen nahmen zu.
Es gab keine Kopflosigkeit,
während er die Ordnung seines Lebens
verlernte.

Vergessen

VII

Alles war zuhanden gewesen.
Auch er hatte so gelebt: –
heute nur noch ein Satz
im Plusquamperfekt.
Niemand drehte sich nach ihm um,
als er an Boden verlor, an Gedächtnis.
Vergaß die eine Hand die andere,
als er sich wie im Handumdrehn
entfernte?
Sein Körper war einmal
gesellschaftlich gewesen,
als ihm alles zur Verfügung stand.
Schließlich genügte
die Handbreit Vergessen.

Ein Satz

Ein Satz weiß nie,
was mit ihm geschieht.
Von einem Wort zum anderen
ist es weit – Liebesfleisch
für Dichter, für Manager
ein Tip.
Ein Mißgeschick der Grammatik
ist ein Abenteuer
wie brüchige Klassik.
Plötzlich stimmt da etwas nicht:
ein Wort zuviel, zu wenig.
Anfangs denkt man an sein Ende
wie an die Ewigkeit der Syntax –
die kommt abhanden unterwegs.
Ein Satz ist sterblich.
Hör ihn noch einmal an
mit offenem Mund.

High Tech

Ich höre ihn noch neben mir sagen:
dieser unsterbliche Knirps ist tot,
der Bastler Mensch. Sein Mörder der Fortschritt,
high tech besorgte es ihm, oder
noch ehrgeizigere Projekte lauerten
ihm auf. Da war es auf einmal
vorbei. Und sterblich das Basteln.
Merkte er es überhaupt? Litt er?
Technik fragt nicht so.
Niemand, der stoppte.
Tod ist doch Stopp. Er ist nicht
zugelassen im Ideen-Pool.
Während der Erlkönig-Zeit gab es
einst nur Dichter. Auch nicht gut.
Dann der ganz andere Ehrgeiz.
Am Anfang fixe Ideen von Herz zu Herz.
Später das Experiment mit der Zukunft
ohne Tod.

Imperfekt

Ich lernte noch, ohne
es zu merken. Hallo-Sagen:
das war erst vorgestern.
So einfach war da noch
Verständigung. Man glaubte schnell
über alles Nötige
Bescheid geben zu können.
Und ein Zuruf kam niemals allein.
Alles wurde im Präsens gesprochen.
So selbstverständlich gegenwärtig
blieb alles.
Wer konnte ahnen, daß einmal
daraus Imperfekt würde.
Einiges ist schon zweite Vergangenheit.
Und die Museen
für alte Gewohnheiten
bleiben montags geschlossen.
Man kann
sich nicht einmal selber besichtigen,
wenn einen der Mut dazu
überkommt.

Man ist sich tödlich leid

Man ist sich tödlich leid.
Man liebt sich so,
zu allem noch bereit.
Manches ergibt sich so.
Man haßt sich. Es gibt Streit.
Und man vergibt sich so.
Zum Tode ist's nicht weit.
Und Streit: es war kein Streit.
Manches beliebt sich so
im Ansehn. Zieh dein Kleid
jetzt aus. Man liebt sich so
noch immer allezeit.
Man nahm sich, schied sich so.
Ist da noch irgendwo
ein Zweifel? Tödlich leid:
man liebt sich so.
Still wird man. Keiner schreit
am Ende. Nimm dein Kleid
und geh. Es ist so weit.

Wie man lebt

Wer zahlt heim, wer belohnt?
Was ist noch lohnenswert?
Wenig blieb doch verschont.
Und wie Geschichte lehrt,

lebt man im Schinderhaus,
nennt nicht die Wunden,
kennt sich im Schinden aus,
ist schon geschunden.

Guten Tag, gute Nacht

Guten Tag, gute Nacht. Dazwischen
zu wenig oder zu viel
Leben an fremden Tischen,
Leben: im Trüben fischen,
Übermut und wie im Spiel
Identität erwischen
und für Minuten im Ziel.

Doch am Ziel das Entweichen
von dem, was man erreicht.
Guten Tag, gute Nacht. Und im gleichen
Augenblick schon vielleicht
ein anderes Zeitverstreichen,
das man sich und andern verschweigt.

Worte

Letzte Worte sind tief,
heißt es, wie die ersten ein Lallen.
Mancher hat Wohlgefallen
an dem, was in Worten schlief.
Sag's nur im Indikativ,
verständlich allen,
oder schön indirekt,
was in den Worten steckt
und lebt im Konjunktiv,
der den Verdacht erweckt,
hier sei was ausgeheckt.

Inhalt

Von Karl Krolow
erschienen im Suhrkamp Verlag

Fremde Körper. Neue Gedichte
Bibliothek Suhrkamp 52. 1959

Unsichtbare Hände. Gedichte 1959-1962. 1962

Ausgewählte Gedichte
Nachwort von Hugo Friedrich
edition suhrkamp 24. 1963

Schattengefecht
edition suhrkamp 78. 1964

Gesammelte Gedichte 1. 1965

Landschaften für mich. Neue Gedichte
edition suhrkamp 146. 1966

Poetisches Tagebuch. 1966

Alltägliche Gedichte
Bibliothek Suhrkamp 219. 1968

Minuten-Aufzeichnungen. Prosa. 1968

Nichts weiter als Leben
Gedichte aus den Jahren 1968-1970
Bibliothek Suhrkamp 262. 1970

Zeitvergehen. Gedichte. 1972

Ein Gedicht entsteht
Selbstdeutungen, Interpretationen, Aufsätze
suhrkamp taschenbuch 95. 1973

Gesammelte Gedichte 2. 1975

Der Einfachheit halber. Gedichte. 1977

Guillaume Apollinaire
Bestiarium oder Das Gefolge des Orpheus
Ins Deutsche übertragen von Karl Krolow
Bibliothek Suhrkamp 607. 1978

Das andere Leben. Eine Erzählung. 1979
Auch: suhrkamp taschenbuch 874. 1985

Gedichte
Auswahl und Nachwort von Gabriele Wohmann
Bibliothek Suhrkamp 672. 1980

Im Gehen. 1981
Auch: Bibliothek Suhrkamp 863. 1985

Samuel Beckett
Flötentöne. Französisch/Deutsch
Aus dem Französischen von Elmar Tophoven und Karl Krolow
edition suhrkamp 1098. 1981

Herbstsonett mit Hegel
Gedichte, Lieder etc. 1981

Zwischen Null und Unendlich. Gedichte. 1982

Schönen Dank und vorüber. Gedichte. 1984

Nacht-Leben oder Geschonte Kindheit. 1985

Gesammelte Gedichte 3. 1985

Gesammelte Gedichte 1-3 in Kassette. 1985

In Kupfer gestochen. Observationen. 1987

Als es soweit war. Gedichte. 1988

Auf Erden. Frühe Gedichte. 1989
Mit einem Nachwort von Karl Krolow